Den lille havfrue

Et eventyr af Hans Christian Andersen

Svetlana Bagdasaryan

Langt ude i havet er vandet så blåt, som bladene på den dejligste kornblomst og så klart, som det reneste glas, men det er meget dybt, dybere end noget ankertov når, mange kirketårne måtte stilles oven på hinanden, for at række fra bunden op over vandet. Dernede bor havfolkene.

Nu må man slet ikke tro, at der kun er den nøgne hvide sandbund; nej, der vokser de forunderligste træer og planter, som er så smidige i stilk og blade, at de ved den mindste bevægelse af vandet rører sig, ligesom om de var levende. Alle fiskene, små og store, smutter imellem grenene, ligesom heroppe fuglene i luften. På det allerdybeste sted ligger havkongens slot, murene er af koraller og de lange spidse vinduer af det allerklareste rav, men taget er muslingeskaller, der åbner og lukker sig, eftersom vandet går; det ser dejligt ud; thi i hver ligger strålende perler, én eneste ville være stor stads i en dronnings krone.

Havkongen dernede havde i mange år været enkemand, men hans gamle moder holdt hus for ham, hun var en klog kone, men stolt af sin adel, derfor gik hun med tolv østers på halen, de andre fornemme måtte kun bære seks.

Ellers fortjente hun megen ros, især fordi hun holdt så meget af de små havprinsesser, hendes sønnedøtre. De var 6 dejlige børn, men den yngste var den smukkeste af dem alle sammen, hendes hud var så klar og skær som et rosenblad, hendes øjne så blå, som den dybeste sø, men ligesom alle de andre havde hun ingen fødder, kroppen endte i en fiskehale.

Hele den lange dag kunne de lege nede i slottet, i de store sale, hvor levende blomster voksede ud af væggene. De store ravvinduer blev lukket op, og så svømmede fiskene ind til dem, ligesom hos os svalerne flyver ind, når vi lukker op, men fiskene svømmede lige hen til de små prinsesser, spiste af deres hånd og lod sig klappe.

Uden for slottet var en stor have med ildrøde og mørkeblå træer, frugterne strålede som guld, og blomsterne som en brændende ild, i det de altid bevægede stilk og blade. Jorden selv var det fineste sand, men blåt, som svovllue. Over det hele dernede lå et forunderligt blåt skær, man skulle snarere tro, at man stod højt oppe i luften og kun så himmel over og under sig, end at man var på havets bund.

I blikstille kunne man øjne solen, den syntes en purpurblomst, fra hvis bæger det hele lys udstrømmede.

Hver af de små prinsesser havde sin lille plet i haven, hvor hun kunne grave og plante, som hun selv ville; én gav sin blomsterplet skikkelse af en hvalfisk, en anden syntes bedre om, at hendes lignede en lille havfrue, men den yngste gjorde sin ganske rund ligesom solen, og havde kun blomster, der skinnede røde som den. Hun var et underligt barn, stille og eftertænksom, og når de andre søstre pyntede op med de forunderligste ting de havde fået fra strandede skibe, ville hun kun, foruden de rosenrøde blomster, som lignede solen der højt oppe, have en smuk marmorstøtte, en dejlig dreng var det, hugget ud af den hvide, klare sten og ved stranding kommet ned på havbunden. Hun plantede ved støtten en rosenrød grædepil, den voksede herligt, og hang med sine friske grene ud over den, ned mod den blå sandbund, hvor skyggen viste sig violet og var i bevægelse, ligesom grenene; det så ud, som om top og rødder legede at kysse hinanden.

Ingen glæde var hende større, end at høre om menneskeverdenen der ovenfor.

Den gamle bedstemoder måtte fortælle alt det hun vidste om skibe og byer, mennesker og dyr, især syntes det hende forunderligt dejligt, at oppe på jorden duftede blomsterne, det gjorde ikke de på havets bund, og at skovene var grønne og de fisk, som der sås mellem grenene, kunne synge så højt og dejligt, så det var en lyst; det var de små fugle, som bedstemoderen kaldte fisk, for ellers kunne de ikke forstå hende, da de ikke havde set en fugl.

"Når I fylder eders 15 år," sagde bedstemoderen, "så skal I få lov til at dykke op af havet, sidde i måneskin på klipperne og se de store skibe, som sejler forbi, skove og byer skal I se!" I året, som kom, var den ene af søstrene 15 år, men de andre, ja den ene var et år yngre end den anden, den yngste af dem havde altså endnu hele fem år før hun turde komme op fra havets bund og se, hvorledes det så ud hos os. Men den ene lovede den anden at fortælle, hvad hun havde set og fundet dejligst den første dag; thi deres bedstemoder fortalte dem ikke nok, der var så meget de måtte have besked om.

Ingen var så længselsfuld, som den yngste, just hun, som havde længst tid at vente og som var så stille og tankefuld. Mangen nat stod hun ved det åbne vindue og så op igennem det mørkeblå vand, hvor fiskene slog med deres finner og hale. Måne og stjerner kunne hun se, rigtignok skinnede de ganske blege, men gennem vandet så de meget større ud end for vore øjne; gled der da ligesom en sort sky hen under dem, da vidste hun, at det enten var en hvalfisk, som svømmede over hende, eller også et skib med mange
mennesker; de tænkte vist ikke på, at en dejlig lille havfrue stod nedenfor og rakte sine hvide hænder op imod kølen.

Nu var da den ældste prinsesse 15 år og turde stige op over havfladen.

Da hun kom tilbage, havde hun hundrede ting at fortælle, men det dejligste, sagde hun, var at ligge i måneskin på en sandbanke i den rolige sø, og se tæt ved kysten den store stad, hvor lysene blinkede, ligesom hundrede stjerner, høre musikken og den larm og støj af vogne og mennesker, se de mange kirketårne og spir, og høre hvor klokkerne ringede; just fordi hun ikke kunne komme derop, længtes hun allermest efter alt dette.

Oh! hvor hørte ikke den yngste søster efter, og når hun siden om aftnen stod ved det åbne vindue og så op igennem det mørkeblå vand, tænkte hun på den store stad med al den larm og støj, og da syntes hun at kunne høre kirkeklokkerne ringe ned til sig.

Året efter fik den anden søster lov til at stige op gennem vandet og svømme hvorhen hun ville. Hun dykkede op, just i det solen gik ned, og det syn fandt hun var det dejligste. Hele himlen havde set ud som guld, sagde hun, og skyerne, ja, deres dejlighed kunne hun ikke nok beskrive! røde og violette havde de sejlet hen over hende, men langt hurtigere, end de, fløj, som et langt hvidt slør, en flok af vilde svaner hen over vandet hvor solen stod; hun svømmede hen imod den, men den sank og rosenskæret slukkedes på havfladen og skyerne.

Året efter kom den tredje søster derop, hun var den dristigste af dem alle, derfor svømmede hun op ad en bred flod, der løb ud i havet. Dejlige grønne høje med vinranker så hun, slotte og gårde tittede frem mellem prægtige skove; hun hørte, hvor alle fuglene sang og solen skinnede så varmt, at hun tit måtte dykke under vandet, for at køle sit brændende ansigt. I en lille bugt traf hun en hel flok små menneskebørn; ganske nøgne løb de og plaskede i vandet, hun ville lege med dem, men de løb forskrækkede deres vej, og der kom et lille sort dyr, det var en hund, men hun havde aldrig før set en hund, den gøede så forskrækkeligt af hende, at hun blev angst og søgte ud i den åbne sø, men aldrig kunne hun glemme de prægtige skove, de grønne høje og de nydelige børn, som kunne svømme på vandet, skønt de ingen fiskehale havde.

Den fjerde søster var ikke så dristig, hun blev midt ude på det vilde hav, og fortalte, at der var just det dejligste; man så mange mile bort rundt omkring sig, og himlen ovenover stod ligesom en stor glasklokke. Skibe havde hun set, men langt borte, de så ud som strandmåger, de morsomme delfiner havde slået kolbøtter, og de store hvalfisk havde sprøjtet vand op af deres næsebor, så at det havde set ud, som hundrede vandspring rundt om.

Nu kom turen til den femte søster; hendes fødselsdag var just om vinteren og derfor så hun, hvad de andre ikke havde set første gang.

Søen tog sig ganske grøn ud og rundt om svømmede der store isbjerge, hvert så ud som en perle, sagde hun, og var dog langt større end de kirketårne, menneskene byggede.

I de forunderligste skikkelser viste de sig og glimrede som diamanter. Hun havde sat sig på et af de største og alle sejlere krydsede forskrækkede uden om, hvor hun sad og lod blæsten flyve med sit lange hår; men ud på aftnen blev himlen overtrukket med skyer, det lynede og tordnede, medens den sorte sø løftede de store isblokke højt op og lod dem skinne ved de røde lyn. På alle skibe tog man sejlene ind, der var en angst og gru, men hun sad rolig på sit svømmende isbjerg og så den blå lynstråle slå i siksak ned i den skinnende sø.

Den første gang en af søstrene kom over vandet, var enhver altid henrykt over det nye og smukke hun så, men da de nu, som voksne piger, havde lov at stige derop når de ville, blev det dem ligegyldigt, de længtes igen efter hjemmet, og efter en måneds forløb sagde de, at nede hos dem var dog allersmukkest, og der var man så rart hjemme.

Mangen aftenstund tog de fem søstre hinanden i armene og steg i række op over vandet; dejlige stemmer havde de, smukkere, end noget menneske, og når det da trak op til en storm, så de kunne tro, at skibe måtte forlise, svømmede de foran skibene og sang så dejligt, om hvor smukt der var på havets bund, og bad søfolkene, ikke være bange for at komme derned; men disse kunne ikke forstå ordene, de troede, at det var stormen, og de fik heller ikke dejligheden dernede at se, thi når skibet sank, druknede menneskene, og kom kun som døde til havkongens slot.

Når søstrene således om aftnen, arm i arm, steg højt op gennem havet, da stod den lille søster ganske alene tilbage og så efter dem, og det var som om hun skulle græde, men havfruen har ingen tårer, og så lider hun meget mere.

"Ak, var jeg dog 15 år!" sagde hun, "jeg ved, at jeg ret vil komme til at holde af den verden der ovenfor og af menneskene, som bygger og bor deroppe!"

Endelig var hun da de 15 år.

"Se nu har vi dig fra hånden," sagde hendes bedstemoder, den gamle enkedronning. "Kom nu, lad mig pynte dig, ligesom dine andre søstre!" og hun satte hende en krans af hvide liljer på håret, men hvert blad i blomsten var det halve af en perle; og den gamle lod 8 store østers klemme sig fast ved prinsessens hale, for at vise hendes høje stand.

"Det gør så ondt!" sagde den lille havfrue.

"Ja man må lide noget for stadsen!" sagde den gamle.

Oh! hun ville så gerne have rystet hele denne pragt af sig og lagt den tunge krans; hen des røde blomster i haven klædte hende meget bedre, men hun turde nu ikke gøre det om.

"Farvel" sagde hun og steg så let og klar, som en boble, op gennem vandet.

Solen var lige gået ned, idet hun løftede sit hoved op over havet, men alle skyerne skinnede endnu som roser og guld, og midt i den blegrøde luft strålede aftenstjernen så klart og dejligt, luften var mild og frisk og havet blikstille.

Der lå et stort skib med tre master, et eneste sejl var kun oppe, thi ikke en vind rørte sig og rundt om i tovværket og på stængerne sad matroser. Der var musik og sang, og alt som aftnen blev mørkere, tændtes hundrede brogede lygter; de så ud, som om alle nationers flag vajede i luften. Den lille havfrue svømmede lige hen til kahytsvinduet, og hver gang vandet løftede hende i vejret, kunne hun se ind af de spejlklare ruder, hvor så mange pyntede mennesker stod, men den smukkeste var dog den unge prins med de store sorte øjne, han var vist ikke meget over 16 år, det var hans fødselsdag, og derfor skete al denne stads.

Matroserne dansede på dækket, og da den unge prins trådte derud, steg over hundrede raketter op i luften, de lyste, som den klare dag, så den lille havfrue blev ganske forskrækket og dukkede ned under vandet, men hun stak snart hovedet igen op, og da var det ligesom om alle himlens stjerner faldt ned til hende. Aldrig havde hun set sådanne ildkunster. Store sole snurrede rundt, prægtige ildfisk svingede sig i den blå luft, og alting skinnede tilbage fra den klare, stille sø. På skibet selv var så lyst, at man kunne se hvert lille tov, sagtens menneskene. Oh hvor dog den unge prins var smuk, og han trykkede folkene i hånden, lo og smilede, mens musikken klang i den dejlige nat.

Det blev silde, men den lille havfrue kunne ikke vende sine øjne bort fra skibet og fra den dejlige prins. De brogede lygter blev slukket, Raketterne steg ikke mere i vejret, der lød heller ingen flere kanonskud, men dybt nede i havet summede og brummede det, hun sad i medens på vandet og gyngede op og ned, så at hun kunne se ind i kahytten; men skibet tog stærkere fart, det ene sejl bredte sig ud efter det andet, nu gik bølgerne stærkere, store skyer trak op, det lynede langt borte. Oh, det ville blive et skrækkeligt vejr! derfor tog matroserne sejlene ind.

Det store skib gyngede i flyvende fart på den vilde sø, vandet rejste sig, ligesom store sorte bjerge, der ville vælte over masten, men skibet dykkede, som en svane, ned imellem de høje bølger og lod sig igen løfte op på de tårnende vande.

Det syntes den lille havfrue just var en morsom fart, men det syntes søfolkene ikke, skibet knagede og bragede, de tykke planker bugnede ved de stærke stød, søen gjorde ind mod skibet, Masten knækkede midt over, ligesom den var et rør, og skibet slingrede på siden, mens vandet trængte ind i rummet. Nu så den lille havfrue, at de var i fare, hun måtte selv tage sig i agt for bjælker og stumper af skibet, der drev på vandet.

Ét øjeblik var det så kullende mørkt, at hun ikke kunne øjne det mindste, men når det så lynede, blev det igen så klart, at hun kendte dem alle på skibet; hver tumlede sig det bedste han kunne; den unge prins søgte hun især efter, og hun så ham, da skibet skiltes ad, synke ned i den dybe sø. Lige straks blev hun ganske fornøjet, for nu kom han ned til hende, men så huskede hun, at menneskene ikke kan leve i vandet, og at han ikke, uden som død, kunne komme ned til hendes faders slot. Nej dø, det måtte han ikke; derfor svømmede hun hen mellem bjælker og planker, der drev på søen, glemte rent, at de kunne have knust hende, hun dykkede dybt under vandet og steg igen højt op imellem bølgerne.

Og kom så til sidst hen til den unge prins, som næsten ikke kunne svømme længere i den stormende sø, hans arme og ben begyndte at blive matte, de smukke øjne lukkede sig, han havde måttet dø, var ikke den lille havfrue kommet til. Hun holdt hans hoved op over vandet, og lod så bølgerne drive hende med ham, hvorhen de ville.

I morgenstunden var det onde vejr forbi; af skibet var ikke en spån at se, solen steg så rød og skinnende op af vandet, det var ligesom om prinsens kinder fik liv derved, men øjnene forblev lukkede; havfruen kyssede hans høje smukke pande og strøg hans våde hår tilbage; hun syntes, han lignede marmorstøtten nede i hendes lille have, hun kyssede ham igen, og ønskede, at han dog måtte leve.

Nu så hun foran sig det faste land, høje blå bjerge, på hvis top den hvide sne skinnede, som var det svaner, der lå; nede ved kysten var dejlige grønne skove, og foran lå en kirke eller et kloster, det vidste hun ikke ret, men en bygning var det.

Citron- og appelsintræer voksede der i haven, og foran porten stod høje palmetræer. Søen gjorde her en lille bugt, der var blikstille, men meget dybt, lige hen til klippen, hvor det hvide fine sand var skyllet op, her svømmede hun hen med den smukke prins, lagde ham i sandet, men sørgede især for, at hovedet lå højt i det varme solskin.

Nu ringede klokkerne i den store hvide bygning, og der kom mange unge piger gennem haven. Da svømmede den lille havfrue længere ud bag nogle høje stene, som ragede op af vandet, lagde søskum på sit hår og sit bryst, så at ingen kunne se hendes lille ansigt, og da passede hun på, hvem der kom til den stakkels prins.

Det varede ikke længe, før en ung pige kom derhen, hun syntes at blive ganske forskrækket, men kun et øjeblik, så hentede hun flere mennesker, og havfruen så, at prinsen fik liv, og at han smilede til dem alle rundt omkring, men ud til hende smilede han ikke, han vidste jo ikke heller, at hun havde reddet ham, hun følte sig så bedrøvet, og da han blev ført ind i den store bygning, dykkede hun sorrigfuld ned i vandet og søgte hjem til sin faders slot.

Altid havde hun været stille og tankefuld, men nu blev hun det meget mere. Søstrene spurgte hende, hvad hun havde set den første gang deroppe, men hun fortalte ikke noget.

Mangen aften og morgen steg hun op der, hvor hun havde forladt prinsen. Hun så, hvor havens frugter modnedes og blev afplukket, hun så, hvor sneen smeltede på de høje bjerge, men prinsen så hun ikke, og derfor vendte hun altid endnu mere bedrøvet hjem. Der var det hendes eneste trøst, at sidde i sin lille have og slynge sine arme om den smukke marmorstøtte, som lignede prinsen, men sine blomster passede hun ikke, de voksede, som i et vildnis, ud over gangene og flettede deres lange stilke og blade ind i træernes grene, så der var ganske dunkelt.

Til sidst kunne hun ikke længere holde det ud, men sagde det til en af sine søstre, og så fik straks alle de andre det at vide, men heller ingen flere, end de og et par andre havfruer, som ikke sagde det uden til deres nærmeste veninder. En af dem vidste besked, hvem prinsen var, hun havde også set stadsen på skibet, vidste, hvorfra han var, og hvor hans kongerige lå.

"Kom lille søster!" sagde de andre prinsesser, og med armene om hinandens skuldre steg de i en lang række op af havet foran, hvor de vidste prinsens slot lå.

Dette var opført af en lysegul glinsende stenart, med store marmortrapper, én gik lige ned i havet. Prægtige forgyldte kupler hævede sig over taget, og mellem søjlerne, som gik rundt om hele bygningen, stod marmorbilleder, der så ud, som levende. Gennem det klare glas i de høje vinduer så man ind i de prægtigste sale, hvor kostelige silkegardiner og tæpper var ophængte, og alle væggene pyntede med store malerier, som det ret var en fornøjelse at se på. Midt i den største sal plaskede et stort springvand, strålerne stod højt op mod glaskuplen i loftet, hvorigennem solen skinnede på vandet og på de dejlige planter, der voksede i det store bassin.

Nu vidste hun, hvor han boede, og der kom hun mangen aften og nat på vandet; hun svømmede meget nærmere land, end nogen af de andre havde vovet, ja hun gik helt op i den smalle kanal, under den prægtige marmoraltan, der kastede en lang skygge hen over vandet. Her sad hun og så på den unge prins, der troede, han var ganske ene i det klare måneskin.

Hun så ham mangen aften sejle med musik i sin prægtige båd, hvor flagene vajede; hun tittede frem mellem de grønne siv, og tog vinden i hendes lange sølvhvide slør og nogen så det, tænkte de, det var en svane, som løftede vingerne.

Hun hørte mangen nat, når fiskerne lå med blus på søen, at de fortalte så meget godt om den unge prins, og det glædede hende, at hun havde frelst hans liv, da han halvdød drev om på bølgerne, og hun tænkte på, hvor fast hans hoved havde hvilet på hendes bryst, og hvor inderligt hun da kyssede ham; han vidste slet intet derom, kunne ikke engang drømme om hende.

Mere og mere kom hun til at holde af menneskene, mere og mere ønskede hun at kunne stige op imellem dem; deres verden syntes hun var langt større, end hendes; de kunne jo på skibe flyve hen over havet, stige på de høje bjerge højt over skyerne, og landene, de ejede, strakte sig, med skove og marker, længere, end hun kunne øjne. Der var så meget hun gad vide, men søstrene vidste ikke at give svar på alt, derfor spurgte hun den gamle bedstemoder og hun kendte godt til den højere verden, som hun meget rigtigt kaldte landene oven for havet.

"Når menneskene ikke drukner," spurgte den lille havfrue, "kan de da altid leve, dør de ikke, som vi hernede på havet?"

"Jo!" sagde den gamle, "de må også dø, og deres levetid er endogså kortere end vor. Vi kan blive tre hundrede år, men når vi så hører op at være til her, bliver vi kun skum på vandet, har ikke engang en grav hernede mellem vore kære. Vi har ingen udødelig sjæl, vi får aldrig liv mere, vi er ligesom det grønne siv, er det engang skåret over, kan det ikke grønnes igen! Menneskene derimod har en sjæl, som lever altid, lever, efter at legemet er blevet jord; den stiger op igennem den klare luft, op til alle de skinnende stjerner! ligesom vi dykker op af havet og ser menneskenes lande, således dykker de op til ubekendte dejlige steder, dem vi aldrig får at se."

"Hvorfor fik vi ingen udødelig sjæl?" sagde den lille havfrue bedrøvet, "jeg ville give alle mine tre hundrede år, jeg har at leve i, for blot én dag at være et menneske og siden få del i den himmelske verden!"

"Det må du ikke gå og tænke på!" sagde den gamle, "vi har det meget lykkeligere og bedre, end menneskene deroppe!"

"Jeg skal altså dø og flyde som skum på søen, ikke høre bølgernes musik, se de dejlige blomster og den røde sol! Kan jeg da slet intet gøre, for at vinde en evig sjæl!"

"Nej!" sagde den gamle, "kun når et menneske fik dig så kær, at du var ham mere, end fader og moder; når han med hele sin tanke og kærlighed hang ved dig, og lod præsten lægge sin højre hånd i din med løfte om troskab her og i al evighed, da fløj hans sjæl over i dit legeme og du fik også del i menneskenes lykke. Han gav dig sjæl og beholdt dog sin egen. Men det kan aldrig ske! Hvad der just er dejligt her i havet, din fiskehale, finder de hæsligt deroppe på jorden, de forstår sig nu ikke bedre på det, man må dér have to klodsede støtter, som de kalder ben, for at være smuk!"

Da sukkede den lille havfrue og så bedrøvet på sin fiskehale.

"Lad os være fornøjede," sagde den gamle, "hoppe og springe vil vi i de tre hundrede år, vi har at leve i, det er såmænd en god tid nok, siden kan man des fornøjeligere hvile sig ud i sin grav. I aften skal vi have hofbal!"

Det var også en pragt, som man aldrig ser den på jorden. Vægge og loft i den store dansesal var af tykt men klart glas. Flere hundrede kolossale muslingeskaller, rosenrøde og græsgrønne, stod i rækker på hver side med en blå brændende ild, som oplyste den hele sal og skinnede ud gennem væggene, så at søen der udenfor var ganske oplyst; man kunne se alle de utallige fisk, store og små, som svømmede hen imod glasmuren, på nogle skinnede skællene purpurrøde, på andre syntes de sølv og guld.

Midt igennem salen fløj en bred rindende strøm, og på denne dansede havmænd og havfruer til deres egen dejlige sang. Så smukke stemmer har ikke menneskene på jorden. Den lille havfrue sang skønnest af dem alle, og de klappede i hænderne for hende, og et øjeblik følte hun glæde i sit hjerte, thi hun vidste, at hun havde den skønneste stemme af alle på jorden og i havet! Men snart kom hun dog igen til at tænke på verden oven over sig; hun kunne ikke glemme den smukke prins og sin sorg over ikke at eje, som han, en udødelig sjæl. Derfor sneg hun sig ud af sin faders slot, og mens alt derinde var sang og lystighed, sad hun bedrøvet i sin lille have. Da hørte hun valdhorn klinge ned igennem vandet, og hun tænkte, "nu sejler han vist deroppe, ham som jeg holder mere af end fader og moder, ham som min tanke hænger ved og i hvis hånd jeg ville lægge mit livs lykke. Alt vil jeg vove for at vinde ham og en udødelig sjæl! Mens mine søstre danser derinde i min faders slot, vil jeg gå til havheksen, hende jeg altid har været så angst for, men hun kan måske råde og hjælpe!"

Nu gik den lille havfrue ud af sin have hen imod de brusende malstrømme, bag hvilke heksen boede. Den vej havde hun aldrig før gået, der voksede ingen blomster, intet søgræs.

Kun den nøgne grå sandbund strakte sig hen imod malstrømmene, hvor vandet, som brusende møllehjul, hvirvlede rundt og rev alt, hvad de fik fat på, med sig ned i dybet; midt imellem disse knusende hvirvler måtte hun gå, for at komme ind på havheksens distrikt, og her var et langt stykke ikke anden vej, end over varmt boblende dynd, det kaldte heksen sin tørvemose. Bag ved lå hendes hus midt inde i en sælsom skov. Alle træer og buske var polypper, halv dyr og halv plante, de så ud, som hundredhovedede slanger, der voksede ud af jorden; alle grene var lange slimede arme, med fingre som smidige orme, og led for led bevægede de sig fra roden til den yderste spidse. Alt hvad de i havet kunne gribe fat på, snoede de sig fast om og gav aldrig mere slip på.

Den lille havfrue blev ganske forskrækket stående der udenfor; hendes hjerte bankede af angst, nær havde hun vendt om, men så tænkte hun på prinsen og på menneskets sjæl, og da fik hun mod. Sit lange flagrende hår bandt hun fast om hovedet, for at polypperne ikke skulle gribe hende deri, begge hænder lagde hun sammen over sit bryst, og fløj så af sted, som fisken kan flyve gennem vandet, ind imellem de hæslige polypper, der strakte deres smidige arme og fingre efter hende.

Hun så, hvor hver af dem havde noget, den havde grebet, hundrede små arme holdt det, som stærke jernbånd. Mennesker, som var omkommet på søen og sunket dybt derned, tittede, som hvide benrade frem i polyppernes arme. Skibsror og kister holdt de fast, skeletter af landdyr og en lille havfrue, som de havde fanget og kvalt, det var hende næsten det forskrækkeligste.

Nu kom hun til en stor slimet plads i skoven, hvor store, fede vandsnoge boltrede sig og viste deres stygge hvidgule bug. Midt på pladsen var rejst et hus af strandede menneskers hvide ben, der sad havheksen og lod en skrubtudse spise af sin mund, ligesom menneskene lader en lille kanariefugl spise sukker. De hæslige fede vandsnoge kaldte hun sine små kyllinger og lod dem vælte sig på hendes store, svampede bryst.

"Jeg ved nok, hvad du vil!" sagde havheksen, "det er dumt gjort af dig! alligevel skal du få din vilje, for den vil bringe dig i ulykke, min dejlige prinsesse. Du vil gerne af med din fiskehale og i stedet for den have to stumper at gå på ligesom menneskene, for at den unge prins kan blive forlibt i dig og du kan få ham og en udødelig sjæl!"

I det samme lo heksen så højt og fælt, at skrubtudsen og snogene faldt ned på jorden og væltede sig der. "Du kommer netop i rette tid," sagde heksen, "i morgen, når sol står op, kunne jeg ikke hjælpe dig, før igen et år var omme. Jeg skal lave dig en drik, med den skal du, før sol står op, svømme til landet, sætte dig på bredden der og drikke den, da skilles din hale ad og snerper ind til hvad menneskene kalde nydelige ben, men det gør ondt, det

er som det skarpe sværd gik igennem dig. Alle, som ser dig, vil sige, du er det dejligste menneskebarn de har set! du beholder din svævende gang, ingen danserinde kan svæve som du, men hvert skridt du gør, er som om du trådte på en skarp kniv, så dit blod må flyde. Vil du lide alt dette, så skal jeg hjælpe dig?"

"Ja!" sagde den lille havfrue med bævende stemme, og tænkte på prinsen og på at vinde en udødelig sjæl.

"Men husk på," sagde heksen, "når du først har fået menneskelig skikkelse, da kan du aldrig mere blive en havfrue igen!"

"Du kan aldrig stige ned igennem vandet til dine søstre og til din faders slot, og vinder du ikke prinsens kærlighed, så han for dig glemmer fader og moder, hænger ved dig med sin hele tanke og lader præsten lægge eders hænder i hinanden, så at I bliver mand og kone, da får du ingen udødelig sjæl! den første morgen efter at han er gift med en anden, da må dit hjerte briste, og du bliver skum på vandet."

"Jeg vil det!" sagde den lille havfrue og var bleg, som en død.

"Men mig må du også betale!" sagde heksen, "og det er ikke lidet, hvad jeg forlanger. Du har den dejligste stemme af alle hernede på havets bund, med den tror du nok at skulle fortrylle ham, men den stemme skal du give mig. Det bedste du ejer vil jeg have for min kostelige drik! mit eget blod må jeg jo give dig deri, at drikken kan blive skarp, som et tveægget sværd!"

"Men når du tager min stemme," sagde den lille havfrue, "hvad beholder jeg da tilbage?"

"Din dejlige skikkelse," sagde heksen, "din svævende gang og dine talende øjne, med dem kan du nok bedåre et menneskehjerte. Nå, har du tabt modet! ræk frem din lille tunge, så skærer jeg den af, i betaling, og du skal få den kraftige drik!"

"Det ske!" sagde den lille havfrue, og heksen satte sin kedel på, for at koge trolddrikken.

"Renlighed er en god ting!" sagde hun og skurede kedlen af med snogene, som hun bandt i knude; nu ridsede hun sig selv i brystet og lod sit sorte blod dryppe derned, Dampen gjorde de forunderligste skikkelser, så man måtte blive angst og bange. Hvert øjeblik kom heksen nye ting i kedlen, og da det ret kogte, var det, som når krokodillen græder. Til sidst var drikken færdig, den så ud som det klareste vand!

"Der har du den!" sagde heksen og skar tungen af den lille havfrue, som nu var stum, kunne hverken synge eller tale.

"Dersom polypperne skulle gribe dig, når du går tilbage igennem min skov," sagde heksen, "så kast kun en eneste dråbe af denne drik på dem, da springer deres arme og fingre i tusinde stykker!"

Men det behøvede den lille havfrue ikke, Polypperne trak sig forskrækkede tilbage for hende, da de så den skinnende drik, der lyste i hendes hånd, ligesom det var en funklende stjerne. Således kom hun snart igennem skoven, mosen og de brusende malstrømme.

Hun kunne se sin faders slot; blussene var slukket i den store dansesal; de sov vist alle derinde, men hun vovede dog ikke at søge dem, nu hun var stum og ville for altid gå bort fra dem. Det var, som hendes hjerte skulle gå itu af sorg.

Hun sneg sig ind i haven, tog én blomst af hver af sine søstres blomsterbed, kastede med fingeren tusinde kys hen imod slottet og steg op igennem den mørkeblå sø.

Solen var endnu ikke kommet frem, da hun så prinsens slot og besteg den prægtige marmortrappe. Månen skinnede dejligt klart. Den lille havfrue drak den brændende skarpe drik, og det var, som gik et tveægget sværd igennem hendes fine legeme, hun besvimede derved og lå, som død. Da solen skinnede hen over søen, vågnede hun op, og hun følte en sviende smerte, men lige for hende stod den dejlige unge prins, han fæstede sine kulsorte øjne på hende, så hun slog sine ned og så, at hendes fiskehale var borte, og at hun havde de nydeligste små, hvide ben, nogen lille pige kunne have, men hun var ganske nøgen, derfor svøbte hun sig ind i sit store, lange hår. Prinsen spurgte, hvem hun var, og hvorledes hun var kommet her, og hun så mildt og dog så bedrøvet på ham med sine mørkeblå øjne, tale kunne hun jo ikke. Da tog han hende ved hånden og førte hende ind i slottet. Hvert skridt hun gjorde, var, som heksen havde sagt hende forud, som om hun trådte på spidse syle og skarpe knive, men det tålte hun gerne; ved prinsens hånd steg hun så let, som en boble, og han og alle undrede sig over hendes yndige, svævende gang.

Kostelige klæder af silke og musselin fik hun på, i slottet var hun den skønneste af alle, men hun var stum, kunne hverken synge eller tale. Dejlige slavinder, klædte i silke og guld, kom frem og sang for prinsen og hans kongelige forældre; en sang smukkere end alle de andre og prinsen klappede i hænderne og smilede til hende, da blev den lille havfrue bedrøvet, hun vidste, at hun selv havde sunget langt smukkere! hun tænkte, "Oh han skulle bare vide, at jeg, for at være hos ham, har givet min stemme bort i al evighed!"

Nu dansede slavinderne i yndige svævende danse til den herligste musik, da hævede den lille havfrue sine smukke hvide arme, rejste sig på tåspidsen og svævede hen over gulvet, dansede, som endnu ingen havde danset; ved hver bevægelse blev hendes dejlighed

endnu mere synlig, og hendes øjne talte dybere til hjertet, end slavindernes sang. Alle var henrykte derover, især prinsen, som kaldte hende sit lille hittebarn, og hun dansede mere og mere, skønt hver gang hendes fod rørte jorden, var det, som om hun trådte på skarpe knive.

Prinsen lod hende sy en mandsdragt, for at hun til hest kunne følge ham. De red gennem de duftende skove, hvor de grønne grene slog hende på skulderen og de små fugle sang bag friske blade.

Hjemme på prinsens slot, når om natten de andre sov, gik hun ud på den brede marmortrappe, og det kølede hendes brændende fødder, at stå i det kolde søvand, og da tænkte hun på dem dernede i dybet.

En nat kom hendes søstre arm i arm, de sang så sorrigfuldt, idet de svømmede over vandet, og hun vinkede af dem, og de kendte hende og fortalte, hvor bedrøvet hun havde gjort dem alle sammen. Hver nat besøgte de hende siden, og en nat så hun, langt ude, den gamle bedstemoder, som i mange år ikke havde været over havet, og havkongen, med sin krone på hovedet, de strakte hænderne hen mod hende, men vovede sig ikke så nær landet, som søstrene.

Dag for dag blev hun prinsen kærere, han holdt af hende, som man kan holde af et godt, kært barn, men at gøre hende til sin dronning, faldt ham slet ikke ind, og hans kone måtte hun blive, ellers fik hun ingen udødelig sjæl, men ville på hans bryllupsmorgen blive skum på søen.

"Holder du ikke mest af mig, blandt dem alle sammen!" syntes den lille havfrues øjne at sige, når han tog hende i sine arme og kyssede hendes smukke pande.

"Jo, du er mig kærest," sagde prinsen, "thi du har det bedste hjerte af dem alle, du er mig mest hengiven, og du ligner en ung pige jeg engang så, men vistnok aldrig mere finder. Jeg var på et skib, som strandede, bølgerne drev mig i land ved et helligt tempel, hvor flere unge piger gjorde tjeneste, den yngste der fandt mig ved strandbredden og reddede mit liv, jeg så hende kun to gange; hun var den eneste, jeg kunne elske i denne verden, men du ligner hende, du næsten fortrænger hendes billede i min sjæl, hun hører det hellige tempel til, og derfor har min gode lykke sendt mig dig, aldrig vil vi skilles!"

"Ak, han ved ikke, at jeg har reddet hans liv!" tænkte den lille havfrue, "jeg bar ham over søen hen til skoven, hvor templet står, jeg sad bag skummet og så efter, om ingen mennesker ville komme. Jeg så den smukke pige, som han holder mere af, end mig!" og havfruen sukkede dybt, græde kunne hun ikke. "Pigen hører det hellige tempel til, har han sagt, hun kommer aldrig ud i verden, de mødes ikke mere, jeg er hos ham, ser ham hver dag, jeg vil pleje ham, elske ham, ofre ham mit liv!"

Men nu skal prinsen giftes og have nabokongens dejlige datter! fortalte man, derfor er det, at han udruster så prægtigt et skib. Prinsen rejser for at se nabokongens lande, hedder det nok, men det er for at se nabokongens datter, et stort følge skal han have med; men den lille havfrue rystede med hovedet og lo; hun kendte prinsens tanker meget bedre, end alle de andre.

"Jeg må rejse!" havde han sagt til hende, "jeg må se den smukke prinsesse, mine forældre forlange det, men tvinge mig til at føre hende her hjem, som min brud, vil de ikke! jeg kan ikke elske hende! hun ligner ikke den smukke pige i templet, som du ligner, skulle jeg engang vælge en brud, så blev det snarere dig, mit stumme hittebarn med de talende øjne!" og han kyssede hendes røde mund, legede med hendes lange hår og lagde sit hoved ved hendes hjerte, så det drømte om menneskelykke og en udødelig sjæl.

"Du er dog ikke bange for havet, mit stumme barn!" sagde han, da de stod på det prægtige skib, som skulle føre ham til nabokongens lande; og han fortalte hende om storm og havblik, om sælsomme fisk i dybet og hvad dykkeren der havde set, og hun smilede ved hans fortælling, hun vidste jo bedre, end nogen anden, besked om havets bund.

I den måneklare nat, når de alle sov, på styrmanden nær, som stod ved roret, sad hun ved rælingen af skibet og stirrede ned igennem det klare vand, og hun syntes at se sin faders slot, øverst deroppe stod den gamle bedstemoder med sølvkronen på hovedet og stirrede op igennem de stride strømme mod skibets køl.

Da kom hendes søstre op over vandet, de stirrede sorrigfuldt på hende og vred deres hvide hænder, hun vinkede ad dem, smilede og ville fortælle, at alt gik hende godt og lykkeligt, men skibsdrengen nærmede sig hende og søstrene dykkede ned, så han blev i den tro, at det hvide, han havde set, var skum på søen.

Næste morgen sejlede skibet ind i havnen ved nabokongens prægtige stad. Alle kirkeklokker ringede, og fra de høje tårne blev blæst i basuner, mens soldaterne stod med vajende faner og blinkende bajonetter. Hver dag havde en fest. Bal og selskab fulgte på hinanden, men prinsessen var der endnu ikke, hun opdroges langt derfra i et helligt tempel, sagde de, der lærte hun alle kongelige dyder. Endelig indtraf hun.

Den lille havfrue stod begærlig efter at se hendes skønhed, og hun måtte erkende den, en yndigere skikkelse havde hun aldrig set. Huden var så fin og skær, og bag de lange mørke øjenhår smilede et par sortblå trofaste øjne!

"Det er dig!" sagde prinsen, "dig, som har frelst mig, da jeg lå som et lig ved kysten!" og han trykkede sin rødmende brud i sine arme.

"Oh jeg er alt for lykkelig!" sagde han til den lille havfrue. "Det bedste, det jeg aldrig turde håbe, er blevet opfyldt for mig. Du vil glæde dig ved min lykke, thi du holder mest af mig blandt dem alle!"

Og den lille havfrue kyssede hans hånd, og hun syntes alt at føle sit hjerte briste. Hans bryllupsmorgen ville jo give hende døden og forvandle hende til skum på søen.

Alle kirkeklokker ringede, herolderne red om i gaderne og forkyndte trolovelsen. På alle altre brændte duftende olie i kostelige sølvlamper. Præsterne svingede røgelseskar og brud og brudgom rakte hinanden hånden og fik biskoppens velsignelse. Den lille havfrue stod i silke og guld og holdt brudens slæb, men hendes øre hørte ikke den festlige musik, hendes øje så ikke den hellige ceremoni, hun tænkte på sin dødsnat, på alt hvad hun havde tabt i denne verden.

Endnu samme aften gik brud og brudgom ombord på skibet, kanonerne lød, alle flagene vajede, og midt på skibet var rejst et kosteligt telt af guld og purpur og med de dejligste hynder, der skulle brudeparret sove i den stille, kølige nat.

Sejlene svulmede i vinden, og skibet gled let og uden stor bevægelse hen over den klare sø.

Da det mørknedes, tændtes brogede lamper og søfolkene dansede lystige danse på dækket. Den lille havfrue måtte tænke på den første gang hun dykkede op af havet og så den samme pragt og glæde, og hun hvirvlede sig med i dansen, svævede, som svalen svæver når den forfølges, og alle tiljublede hende beundring, aldrig havde hun danset så herligt; det skar som skarpe knive i de fine fødder, men hun følte det ikke; det skar hende smerteligere i hjertet. Hun vidste, det var den sidste aften hun så ham, for hvem hun havde forladt sin slægt og sit hjem, givet sin dejlige stemme og daglig lidt uendelige kvaler, uden at han havde tanke derom. Det var den sidste nat, hun åndede den samme luft som han, så det dybe hav og den stjerneblå himmel, en evig nat uden tanke og drøm ventede hende, som ej havde sjæl, ej kunne vinde den. Og alt var glæde og lystighed på skibet til langt over midnat, hun lo og dansede med dødstanken i sit hjerte. Prinsen kyssede sin dejlige brud, og hun legede med hans sorte hår, og arm i arm gik de til hvile i det prægtige telt.

Der blev tyst og stille på skibet, kun styrmanden stod ved roret, den lille havfrue lagde sine hvide arme på rælingen og så mod øst efter morgenrøden, den første solstråle, vidste hun, ville dræbe hende. Da så hun sine søstre stige op af havet, de var blege, som hun; deres lange smukke hår flagrede ikke længere i blæsten, det var afskåret.

"Vi har givet det til heksen, for at hun skulle bringe hjælp, at du ikke denne nat skal dø! Hun har givet os en kniv, her er den! ser du hvor skarp? Før sol står op, må du stikke den i prinsens hjerte, og når da hans varme blod stænker på dine fødder, da vokser de sammen til en fiskehale og du bliver en havfrue igen, kan stige ned i vandet til os og leve dine tre hundrede år, før du bliver det døde, salte søskum. Skynd dig! Han eller du må dø, før sol står op!"

"Vor gamle bedstemoder sørger, så hendes hvide hår er faldet af, som vort faldt for heksens saks. Dræb prinsen og kom tilbage! Skynd dig, ser du den røde stribe på himlen? Om nogle minutter stiger solen, og da må du dø!" og de udstødte et forunderligt dybt suk og sank i bølgerne.

Den lille havfrue trak purpurtæppet bort fra teltet, og hun så den dejlige brud sove med sit hoved ved prinsens bryst, og hun bøjede sig ned, kyssede ham på hans smukke pande, så på himlen, hvor morgenrøden lyste mere og mere, så på den skarpe kniv og fæstede igen øjnene på prinsen, der i drømme nævnede sin brud ved navn, hun kun var i hans tanker, og kniven sitrede i havfruens hånd, men da kastede hun den langt ud i bølgerne, de skinnede røde, hvor den faldt, det så ud, som piblede der blodsdråber op af vandet. Endnu engang så hun med halvbrustne blik på prinsen, styrtede sig fra skibet ned i havet, og hun følte, hvor hendes legeme opløste sig i skum.

Nu steg solen frem af havet. Strålerne faldt så mildt og varmt på det dødskolde havskum og den lille havfrue følte ikke til døden, hun så den klare sol, og oppe over hende svævede hundrede gennemsigtige, dejlige skabninger; hun kunne gennem dem se skibets hvide sejl og himlens røde skyer, deres stemme var melodi, men så åndig, at intet menneskeligt øre kunne høre den, ligesom intet jordisk øje kunne se dem; uden vinger svævede de ved deres egen lethed gennem luften. Den lille havfrue så, at hun havde et legeme som de, det hævede sig mere og mere op af skummet.

"Til hvem kommer jeg!" sagde hun, og hendes stemme klang som de andre væsners, så åndigt, at ingen jordisk musik kan gengive det.

"Til luftens døtre!" svarede de andre. "Havfruen har ingen udødelig sjæl, kan aldrig få den, uden hun vinder et menneskes kærlighed! Af en fremmed magt afhænger hendes evige tilværelse. Luftens døtre har heller ingen evig sjæl, men de kan selv ved gode handlinger skabe sig en. Vi flyver til de varme lande, hvor den lumre pestluft dræber menneskene; der vifter vi køling. Vi spreder blomsternes duft gennem luften og sender

vederkvægelse og lægedom. Når vi i tre hundrede år har stræbt at gøre det gode, vi kan, da får vi en udødelig sjæl og tager del i menneskenes evige lykke. Du stakkels lille havfrue har med hele dit hjerte stræbt efter det samme, som vi, du har lidt og tålt, hævet dig til luftåndernes verden, nu kan du selv gennem gode gerninger skabe dig en udødelig sjæl om tre hundrede år."

Og den lille havfrue løftede sine klare arme op mod Guds sol, og for første gang følte hun tårer. På skibet var igen støj og liv, hun så prinsen med sin smukke brud søge efter hende, vemodig stirrede de på det boblende skum, som om de vidste, hun havde styrtet sig i bølgerne. Usynlig kyssede hun brudens pande, smilede til ham og steg med de andre luftens børn op på den rosenrøde sky, som sejlede i luften.

"Om tre hundrede år svæver vi således ind i Guds rige!"

"Også tidligere kan vi komme der!" hviskede én. "Usynligt svæver vi ind i menneskenes huse, hvor der er børn, og for hver dag vi finder et godt barn, som gør sine forældre glæde og fortjener deres kærlighed, forkorter Gud vor prøvetid. Barnet ved ikke, når vi flyver gennem stuen, og når vi da af glæde smiler over det, da tages et år fra de tre hundrede, men ser vi et uartigt og ondt barn, da må vi græde sorgens gråd, og hver tåre lægger en dag til vor prøvetid!"

Made in the USA
Coppell, TX
20 August 2021